AU MAUVAIS ENDROIT AU MAUVAIS MOMENT

Ngah Mama Ruphine

AU MAUVAIS ENDROIT AU MAUVAIS MOMENT
DRÔLE DE JOURNÉE, TOME 1

Tous droits réservés
© Ngah Mama Ruphine
Illustration de couverture : Rodriguez Nguena
Couverture et mise en page : 2LI (www.2LI.fr)
ISBN : 978-2-3221891-0-6
Dépôt légal : novembre 2019

À toutes les femmes qui ne vivent pas le bonheur dans leur couple, mais qui tiennent par amour au quotidien pour leur famille,

À toutes ces personnes qui ont eu leur âme fragilisée et qui sont même décédées à cause des informations diffamantes, mensongères des réseaux sociaux,

À tous ceux qui se sont retrouvés au mauvais endroit et au mauvais moment,

À tous ceux qui occupent des postes de responsabilité à quelque niveau que ce soit,

L'amour est ce qui nous rend plus humains, le pardon ce qui nous rend plus forts, la détermination d'avancer ce qui nous rend invincibles ; et enfin, la prudence, l'espérance et l'audace ce qui nous maintient en vie.

Très Grand Remerciement
À ma maman d'amour Mbeukam Delphine Caty,
À mon papa,
À mon évidence,
À mon amie Afaka Obion Vanessa Reine,
À mon génie Nguena Rodriguez.
Vous avez été mon encouragement et mon soutien pendant la production de cet ouvrage.

– *Hékiée ângoân yam !* Tu vas me ruiner, c'est sûr !

Voilà ce que mon père me répète chaque fois que je lui demande de l'argent de transport pour me rendre à l'Université de Yaoundé II. Curieusement en ce jour, il n'a pas ajouté comme d'habitude : « Wê ma fille ! Je n'ai pas d'argent ! » Et au lieu de me donner mille francs, il m'en a donné deux mille. De ce fait, j'avais déjà comme par miracle plein d'énergie pour savourer cette journée qui débutait d'une belle manière. J'avais non seulement l'argent suffisant pour mon transport, mais aussi de quoi manger.

En face était assis l'homme qui se faisait appeler *Motte à Bitouam*, ce qui signifie en français : l'homme à problème. Eh oui ! J'avais gardé de lui l'image d'un homme violent qui se battait contre tout le monde, même les femmes. Une semaine ne pouvait s'écouler sans que ce dernier ne se batte contre un voisin ou sa femme. Pourtant cette dernière semblait l'aimer. Sinon qu'est-ce qui expliquerait le fait qu'elle ne l'ait jamais quitté ou amené aux affaires sociales pour violence ? Serait-ce l'amour ou le fait qu'elle avait déjà des enfants avec lui ? Serait-elle comme ces nombreuses femmes qui disent « supporter » le mariage malgré toute la barbarie de leur conjoint afin de protéger leurs enfants ? Protéger leurs enfants de qui ou de quoi ? Je le savais très insultant et très attaché à l'alcool. Et pas n'importe quel alcool : du vin blanc de préférence, que l'on appelle *matango*, ou encore *tchapalo*. Il disait toujours :

– Âkâ, les Blancs ne savent pas faire du vin. Ils vous vendent du poison et vous, vous en buvez quand même. Ces gens ne nous aiment pas, je vous le dis.

De fait, chaque fois qu'il venait à Yaoundé, il ramenait toujours beaucoup de ce vin. Avec le temps, lorsqu'il finissait ces propos, il y ajoutait :

– Il faut écouter les informations, je vous le dis toujours. Regardez *Afrique Media* tous les jours. Vous comprendrez beaucoup de choses je vous assure. Vous verrez qu'il est préférable pour nous de consommer nos propres produits qui sont purs. Les Blancs disent que ces produits sont bios. Méfiez-vous de ces Blancs. Méfiez-vous surtout des Chinois. Ces petits monstres jaunes qui nous fabriquent tout jusqu'à de la nourriture en plastique et dans des conditions hygiéniques déplorables.

Puis, d'un large sourire, mon père le reprend toujours :

– Ekié ! Des petits monstres jaunes ? Toi aussi ! Tu n'exagères pas un peu ? Je te rappelle que c'est grâce à ces petits monstres comme tu les appelles que nous avons de bonnes routes, de nouveaux hôpitaux, de nouvelles écoles et pleins d'autres choses à bon prix. Aujourd'hui, te voilà avec un androïde que tu as eu à bon prix.

– Des choses que tu achètes maintenant et qui demain sont foutues ? Les bonnes choses dont tu parles, c'est du riz et du poisson en plastique ?

Ensuite, il y a toujours une personne pour dire :

– Arrêtez ce débat inutile ! L'essentiel c'est que nous soyons en vie pour boire notre *matango*.

Cet homme, c'est mon oncle. Il avait passé la nuit à la maison avec sa femme et ses deux enfants.

Il prit la parole après que mon père eut fini :

– *Nyiamoro âkâ*, laisse ça ! Nous serons bientôt riches. D'ici peu elle va se marier et sa dote sera chère. Je te préviens, Kamla ! Ne blague pas ! C'est sans pitié ! Parce qu'il ne peut pas te rembourser tout l'argent que tu dépenses pour elle depuis des années. Je dirai même que cet argent pour toi est un réel investissement.

Les propos de ce dernier semblaient émouvoir l'ensemble des personnes qui étaient présentes. Sauf mon père bien sûr qui l'accompagnait d'un large sourire. On pouvait entendre des « *tsuipsss* » un peu de partout. Ma mère, dans l'autre pièce, ne pouvait s'empêcher de parler face à ces propos qu'elle avait du mal à digérer. Assise dans un vieux fauteuil sur la véranda, elle frappait légèrement ses pieds au sol avec le visage froissé et un rire moqueur. Le mouvement de ses pieds faisait frémir son *kaba* comme sous l'effet d'un vent. Puis, elle finit par parler seule comme d'habitude :

— Humm ! Ça, c'est de la vraie sorcellerie ! Même si on me raconte n'importe quoi, je sais que ce type ne peut pas être dépourvu d'*evu*. Il est là, tranquille, n'envoie pas ses enfants à l'école pour ensuite préparer sa vie grâce aux enfants des autres.

En allant chercher mon sac dans ma chambre, j'entendis une voix me broyer les oreilles avec force, c'était ma mère qui, ne pouvant plus contenir sa colère, m'appelait :

— Tu es où ? Viens ici ! Audrey, dépêche-toi !

— Oui, maman !

— Ton père t'a donné de l'argent pour ton transport ?

— Oui, maman !

— Combien ?

— Deux mille francs.

— Deux mille seulement ?

— Oui, maman.

– « Oui maman ! » Et tu secoues ta grosse tête pour me répondre. Tu sais très bien qu'il a de l'argent en ce moment et tu ne lui demandes pas qu'il t'en donne pour le mois ? Il faut grandir, hein ! Tu n'es plus une petite fille. Voilà celui d'Okala qui a amené toute sa famille ici pour que ton père s'en occupe. Avant tout tu es sa fille hein ! Et il doit d'abord prendre soin de toi. Ils se permettent tout dans cette maison. Sa femme entre dans mes marmites n'importe comment. Sans oublier ses enfants qui mangent comme des éléphants. Va voir ton père maintenant !

– Voir qui, Odile ? Et pourquoi ? demanda mon père qui passait par là.

– Kamla, s'il te plaît, il faut donner à Audrey son argent de poche. Je te connais, tu finiras par le partager avec les autres et le dépenser dans tes bières.

– Odile, c'est mon argent. J'en fais ce que je veux et je le donne à qui je veux. Toi, pourquoi ne lui en donnes-tu pas ? Va travailler. Tu es là, tu ne fais que manger et grossir. Tu me sers à quoi dans cette maison ?

– Ah, Kamla ! C'est maintenant ce que tu me dis ? Quand je travaillais n'est-ce pas je t'étais utile…

La petite discussion virait déjà en dispute. Et comme je les connaissais, je partis sans perdre de temps. J'avais intérêt à ne rien demander d'autre à mon père qui était déjà pleinement engagé dans sa dispute. Il se plaisait à blesser ma mère à chaque occasion. Lorsqu'il avait un peu d'argent, il se sentait invincible. Il ne manquait jamais de lui rappeler que c'était lui l'homme et qu'elle n'avait pas le droit à la parole dans sa maison. Sa femme, qui était jadis aimée de tous dans la famille et chouchoutée par son cher et tendre époux, était aujourd'hui méprisée par tous : elle était subitement devenue une sorcière qui n'aimait pas la famille et dépensait seule l'argent de son mari. Ah oui ! Ses malheurs avaient commencé le jour où elle avait perdu son emploi.

Dans le taxi que j'avais emprunté pour *Camairco*, les passagers et le chauffeur discutaient au sujet de *Boko Haram*. Chacun cherchant à démontrer aux autres sa très bonne analyse du sujet. Certains avançaient des arguments soutenus, disant que *Boko Haram* était l'œuvre du président de la République lui-même ; d'autres, des Français et le dernier groupe, pensaient que c'était les Camerounais qui étaient derrière tout ça parce qu'ils voulaient faire partir *le Vieux Lion* du pouvoir. Arrivée à la poste centrale, une dame descendit et donna au taximan deux mille francs. Ce dernier s'énerva et lui dit :

– Je n'ai pas de monnaie, madame. Pourquoi vous ne m'avez pas dit que vous aviez deux mille francs ?

– Monsieur, je vous l'ai dit avant de monter dans votre voiture, répondit la femme avec un regard dédaigneux.

– Vous mentez ! Vous n'avez rien dit ! Je ne suis pas fou ! hurla l'homme en écarquillant grandement ses yeux.

– Elle vous a dit qu'elle avait deux mille francs. Si vous n'avez pas de monnaie, remettez-lui son argent ! intervint un passager de manière agressive.

– Dis donc, laisse ça ! Je soutiens qu'elle n'a rien dit. Je ne suis pas fou, cria le taximan de plus belle.

Le taxi se remplit d'injures de toute sorte. En les observant, on aurait cru être à l'ère primaire avec des hommes à l'état de nature. Je descendis et payai mon transport. Je continuai mon chemin à pied. Il n'était que six heures trente, mais le centre-ville était déjà rempli d'une pléthore de personnes et de voitures.

Arrivée au niveau de la gare, comme d'habitude une voix m'accueillit :

– Montez avec des pièces ! Passagers pour Soa, montez !

À cet endroit, il se trouve toujours des personnes, en majorité des jeunes, toutes debout. Mon premier cours débutait à sept heures trente. Donc je devais y être avant pour avoir une bonne place. Le car rempli d'étudiants, nous pouvions décoller pour Soa. Arrivé à Ngousso Fin Cimetière, un jeune s'écria :

– Wê ! C'est quoi ça ? Il y a toujours des bouchons ici. Je suis sûr que des fantômes se mêlent aux humains. C'est certainement pour cela qu'il y a autant de personnes et de voitures.

Tous les passagers se mirent à rire. Et là, c'était parti pour les comédiens présents dans le car ; ils nous narraient des histoires, les unes plus insolites que les autres, jusqu'à notre destination.

Une fois à l'amphithéâtre, je ne pus m'asseoir qu'au fond parce que les premières places étaient déjà occupées. Avant l'entrée du professeur dans la salle, toutes les places étaient déjà occupées, certains étudiants étaient debout, et d'autres étaient assis sur les escaliers pour pouvoir écrire. À la fin du premier cours à onze heures, nous attendions le second professeur. Ce n'était pas comme si nous voulions qu'il vienne rapidement. Ces minutes de repos nous faisaient déjà beaucoup de bien. En regardant autour de moi, je constatai que mes camarades étaient comme transformés en zombies. Toutes les têtes étaient baissées et leurs mains sur leurs claviers. Chacun esquissait de temps en temps un léger sourire. C'est avec raison qu'on se faisait appeler *« génération tête baissée »*.

Pendant que je patientais, mes deux amies d'enfance vinrent me chercher. Sonia et Patricia étaient deux belles filles tellement accros à la mode. Elles se faisaient même appeler les *filles androïdes*. Elles me proposèrent de les accompagner. Après mon refus, elles froncèrent leurs sourcils et me regardèrent comme si elles avaient en face d'elle un démon. Mais je leur expliquai que je ne voulais pas rater le prochain cours. Mes paroles me semblaient sonner à leurs oreilles comme une mélodie désagréable. Pour arrêter le massacre, Sonia, la plus impulsive, me coupa net :

— Tu veux même souvent prouver quoi aux gens ? Tu crois que tu aimes l'école plus que qui au juste ? Le prof n'est pas là, on te demande de nous accompagner et toi, tu refuses sous prétexte que tu rentres à la maison. Tu as un nouveau-né qui t'attend là-bas ? Ou bien ton père vient aussi te surveiller ici ? Il faut grandir, tu n'es plus une petite fille. Tu m'énerves !

– Akâ, Sonia ! Laisse-la ! Tu ignores que c'est comme ça qu'Audrey est ? Tu crois qu'elle est bête ? Nous ne sommes pas ses amies. D'ailleurs même, elle a validé toutes ses matières du premier semestre avec des douze et des quatorze sur vingt. Est-elle allée au rattrapage comme nous ?

– Pas du tout ! Tu as raison, Patricia ! Oui, tu as raison ! Nos cours finissent à vingt heures. Est-ce que ton père surveille encore tes cours ? Audrey, tu viens ou pas ? Tu pourras venir acheter les autres cours. Tu crois que les fonctionnaires que tu as vus ici à la première session normale se débrouillent comment ? Je connais même certains de nos camarades qui ont tout validé alors qu'ils n'assistaient même pas au cours.

– OK ! Ça marche ! Je viens. Vous m'emmenez où, les filles ? demandai-je avec un léger sourire qui laissait transparaître la soumission de mon esprit à ces deux êtres décidés à m'emmener avec elles.

– Tu verras bien ! répondirent mes deux amies.

– Tu nous remercieras après, tu verras ! On veut t'aider et toi, tu te comportes comme si nous voulions te détourner du droit chemin, reprit Sonia avec un sourire d'héroïne.

Je me mis à les suivre comme un mouton, sans savoir où j'allais ni pourquoi j'y allais. J'éprouvais une peur qui m'empêchait de me sentir bien. Je n'avais pas peur du danger, mais j'avais l'impression d'avoir mon papa à mes trousses, qui me demandait à tout moment : « où vas-tu ? » Oui ! J'avais toujours peur de mon papa qui me surveillait et me surprotégeait. J'avais l'impression d'entendre sa voix partout. Je sursautai à chaque fois que je voyais une personne portant un t-shirt pareil au sien ou une personne ayant sa morphologie.

Nous arrivâmes dans un bar où nous prîmes place. Je me sentis mal les premières minutes, mais je fus fortement étonnée de voir des jeunes comme moi assis dans un pareil endroit à douze heures du matin et consommant des boissons fortes. Elles me demandèrent de passer la commande de ce que je voulais boire. Je commandai du Coca-cola. Elles se mirent à rire en me demandant de changer de commande, de peur que je leur fasse honte. Elles voulaient que je prenne une bière comme elles. Je savais pertinemment que je ne devais pas en consommer, vu l'effet que cela avait sur mon organisme. Mais pour suivre leur exemple, je me sentis obligée d'en commander une. Le serveur m'en apporta une que je consommai pendant des heures et je ne comprenais pas comment elles arrivaient à boire autant. Pendant que je m'efforçais à finir ma première bouteille, elles étaient à la fin de leur quatrième bouteille.

Trois jeunes garçons accompagnés d'une jeune femme se joignirent à nous. Ils étaient vêtus comme des stars américaines avec une allure fière. En les regardant, on aurait dit des chiens déguisés, car ils étaient tellement dénaturés. Mes amies semblaient bien aimer ces accoutrements. Tandis que moi, je craignais pour ma personne. À mon avis, ils étaient simplement des bandits de grand chemin. Je me sentis mal et je demandai à rentrer. Elles s'exaspérèrent comme d'habitude et me demandèrent d'attendre. Elles devaient finir de consommer leurs bières avant de me raccompagner. Je ne pouvais plus rentrer au campus, car je ne tenais plus sur mes deux jambes. Il me fallait d'abord aller dans la résidence universitaire de l'une d'elles pour prendre un bain et me reposer.

La jeune dame qui était venue avec les jeunes hommes se mit à me regarder d'une manière déviante. Cela me gêna énormément. Tous fumaient comme des cheminées en période d'hiver et avaient des sautes d'humeur. Ils avaient des propos insensés et se plaisaient à attirer l'attention.

Je me mis en route pour la résidence estudiantine de Sonia, accompagnée d'elle et de Patricia ainsi que l'un des garçons qui nous avaient retrouvées au bar. Il se faisait appeler *Le Fally*, certainement à cause de son accoutrement. On aurait dit son sosie. Il parvenait même à être Fally Ipupa jusqu'à sa gestuelle. C'est fou comme l'homme peut renier ce qu'il est pour se mettre dans la peau de quelqu'un d'autre juste à cause du regard des autres. Dans cette université, on retrouve tellement de sosies de stars qu'on se demande si nous vivons encore sur la planète Terre. Elle regorge de stars du monde. Au sein de ce campus, il existe des Chris Brown, des Rihanna, des Arafat, des Eto'o Fils du Cameroun et bien d'autres encore.

Lorsque nous arrivâmes dans sa chambre, je plongeai directement sur le lit, tellement j'étais fatiguée. Mes yeux qui contemplaient sa chambre luxueuse et bien parfumée se fermèrent lentement. Je m'endormis comme un nouveau-né sans tenir compte de tout le bavardage de mes compagnons. Je me réveillai quarante-cinq minutes plus tard, car Patricia me tirait les pieds en criant :

– Réveille-toi ! Mais réveille-toi !

Selon elles, me laver avant de dormir me ferait beaucoup de bien. Je fus donc forcée d'aller prendre un bain. Dans la salle de bain, je m'endormis, malgré les railleries que je subissais d'eux. Ils me disaient tous en riant :

– Depuis tout ce temps ! Tu fais quoi là-bas ? On n'a pas encore entendu le bruit de l'eau qui coule. Tu as peur de l'eau ?

Pour la première fois de ma vie, j'avais consommé de l'alcool et j'étais vraiment saoule.

Soudain, je me levai en sursaut à cause d'un grand bruit qui, je crois, m'avait réveillée entièrement. J'avais l'impression que la résidence estudiantine entière s'écroulait. Mais j'entendis des voix étranges. Il y avait des personnes dans la pièce qui menaçaient mes compagnons. Je pouvais distinguer ces voix. Il s'agissait de voix de femmes. Je fus davantage pétrifiée par les supplications de mes compagnons. Je réussis à ouvrir légèrement la porte des toilettes pour ainsi voir si ce que mes oreilles avaient transmis à mon cerveau était exact. C'est alors que je vis deux jeunes filles en rage. Elles étaient comme des lionnes prêtes à dévorer leur proie. L'une jacassait sans cesse en vociférant des injures de toute nature. L'autre par contre tenait une arme à feu qu'elle braquait sur tous mes compagnons à la fois, en leur ordonnant de ne pas bouger. Pourquoi autant de colère ? J'avais l'impression d'avoir en face Satan en personne. Que faire ? Je ne pouvais ni sortir ni appeler la police, mon téléphone portable était resté dans mon sac posé sur le lit. Je ne pouvais que prier pour qu'il n'y ait pas de blessés. Qui avait tort ? Qui avait raison ? Dans un méli-mélo de propos, *Le Fally* crut pouvoir imiter les acteurs de films d'action pour débarrasser la jeune fille de son arme, mais j'entendis tout à coup : « Pan ! Pan ! »

Le Fally était déjà au sol gisant dans une mare de sang. La Furieuse avait tiré sur lui à deux reprises.

– Qu'as-tu fait ?! Tu l'as tué ? s'écria Sonia avec frayeur.

– Il a eu ce qu'il méritait ! Toi aussi, je devrais te tuer, sale voleuse de mari. Oui, j'étais heureuse avec lui et toi, tu es venue me l'arracher. Lui, je l'aimais vraiment. Tu m'as pris Charly et Marc. Et comme si cela ne suffisait pas, tu es venu me le prendre, lui. Que t'ai-je fait, sorcière ? Réponds-moi ! Tu es une mangeuse d'hommes. Oui, c'est ça ! Tu es une malade. Nous étions pourtant amies. Patricia ! Sonia ! Vous m'avez poignardée dans le dos. Je vais toutes vous éliminer. Et comme ça je n'aurai plus jamais à avoir à faire à vous.

Tout à coup, la Furieuse devint incontrôlable. La Bavarde lui répondit :

– Qu'est-ce que tu attends ? Vas-y, tire !

Quand elle leur demanda de faire leur dernière prière, Patricia prit la parole et s'adressa à La Furieuse :

– Oui, c'est ça ! Vas-y, tire ! Mais sache que tu n'es pas aussi pure que tu veux nous le montrer.

C'est toi qui as déclenché tout ça. Tu sortais avec *Le Fally*, mais tu voyais aussi mon copain. Tu croyais que personne ne le savait, n'est-ce pas ? Ne viens donc pas te plaindre ! Tu as eu la monnaie de ta pièce. Ah oui ! La vengeance est un plat qui se mange froid. Et ton amie dont tu respectes les exigences n'est pas non plus la Sainte Vierge Marie. C'est une lesbienne. Elle te l'a dit ? Non certainement. Je comprends, car ces choses, on ne les dit pas dans ce pays. Et surtout pas à une homophobe comme toi. Elle l'est tout comme je le suis. Elle m'a volé ma Rubie tout simplement parce qu'elle était jalouse de moi. Elle m'enviait parce que ma copine me couvrait d'argent et de cadeaux. Alors ce n'est pas nous, les malades. C'est plutôt vous, les psychopathes. Et rectificatifs, nous n'avons jamais été amies.

– On n'a plus le choix. La police est certainement déjà en route. Nous allons tout simplement vous tirer dessus et leur donner notre version des faits. Ne vous inquiétez pas, nous avons déjà tout prévu. Alors adieu !

– Vas-y, maintenant, tire !, ordonna la Bavarde à la Furieuse.

Je vivais en direct un film joué par de grands acteurs. Tout se mit à trotter dans ma tête. Lorsque je vis la Furieuse pointer son arme sur Sonia, j'eus l'impression d'étouffer. Lorsqu'elle tira, Patricia s'évanouit et moi, je lançai un cri effroyable, mes yeux suivant la trajectoire de sa masse corporelle.

Je venais sans aucun doute de signaler ma présence aux agresseurs. Elle me demanda de sortir, mais je ne pus le faire, car j'étais comme paralysée. La Bavarde vint me chercher en me tirant comme un bœuf qu'on amène à l'abattoir. Elle me demanda de me présenter, mais je ne le pus non plus. J'avais comme une espèce de trou noir dans la tête. Avec la police qui tardait à arriver, j'étais désormais consciente que moi aussi, j'allais être tuée.

— S'il te plaît, ne me tue pas !

Voilà la seule chose qui sortit de ma bouche. Mon cerveau à cet instant semblait avoir tout oublié. Je ne parvenais plus à écouter les battements de mon cœur qui depuis quelques minutes dansait dans ma poitrine au rythme du *Bikutsi*.

Elle transpirait à grosses gouttes, avec des yeux tout rouges et une colère qui se déversait hors de son être comme du magma ardent. Elle me donnait fortement l'impression de désirer vivement en finir avec tout ayant un quelconque lien avec mes camarades, moi y compris. Je me trouvais au mauvais endroit et au mauvais moment.

— Allez, sors de là ! Dépêche-toi ! ordonna la Furieuse qui pointait son arme sur ma tête.

— S'il te plaît, ne me tue pas !

– Arrête de dire ça ! Sinon je te jure que je le ferai vraiment.

– S'il te plaît, ne me tue pas !

– Arrête de dire ça, putain !

Tout en criant, la Furieuse me donna une bonne gifle en le disant. Je pouvais voir ses veines se dessiner sur son visage et sur son cou. Pendant ce temps, la Bavarde n'arrêtait pas de rire. Elle s'enroulait sur le lit et y frappait des coups.

– Arrête ça ! Tu me déconcentres avec tes rires.

– Tu ne vois pas qu'elle a fait pipi sur elle ?

Incroyable ! Moi-même, je ne m'en étais pas rendu compte. J'avais uriné sur moi, mais je n'éprouvais aucune honte et aucune colère face à cette fille qui se moquait de moi à cœur joyeux. La Furieuse jeta un coup d'œil puis esquissa un léger sourire qui laissait transparaître son assurance et son sentiment de domination.

– Quel est ton nom ? me demanda la Furieuse.

– Kamla. Je m'appelle Kamla Biloa Audrey.

– Je ne t'ai pas demandé tout ton nom. Arrête de faire ça, tu me stresses. Arrête de claquer les dents et de jouer à la possédée. Je n'ai pas encore tiré, mais tu m'as déjà l'air morte.

Je tremblais comme une feuille et mes dents, sans mon consentement, jouaient aux claquettes.

– Que fais-tu ici, parle ! Tu es l'amie de ces sales garces ? Réponds vite avant que je ne t'explose la tête.

Les mots se mélangeaient dans ma bouche. Je disais tout sans rien dire. Mon cerveau se refusait d'aligner des informations. Puis la Bavarde d'un coup dit quelque chose qui je crois ôta l'esprit et l'âme de mon corps :

– Tue-la ! Tue-la, je te dis ! Elle en sait déjà un peu trop et nous dénoncera. Je ne sais pas pourquoi tu hésites encore. Dépêche-toi, allons-nous-en avant que quelqu'un ne s'en rende compte.

Qu'est-ce qui arrivait à ces jeunes filles ? Elles étaient tellement animées par un esprit de vengeance qui avait réussi à abrutir leur sens. Elles ne pensaient pas un seul instant que tous les coups qu'elles avaient tirés avaient fait d'énormes bruits. Elles n'avaient même pas pensé aux voisins qui pouvaient alerter la police. Elles se croyaient vraiment dans un film hollywoodien. Tout sur elles, les vêtements qu'elles portaient jusqu'à ce qui sortait de leur bouche me donnaient l'impression d'avoir en face de moi des actrices. Il me fallait survivre et mon instinct de survie se réveilla. Je pris moi aussi la parole pour tenter le tout pour le tout.

– Dites-moi ! Est-ce que vous avez pensé un seul instant à l'extérieur ? Certainement des gens se trouvent tout autour de cette chambre ou peut-être qu'ils ont déjà appelé la police qui sans doute est en route ? Comment allez-vous justifier le fait que vous soyez les seules à sortir d'ici saines et sauves alors que nous autres serons à terre ? Comment allez-vous vous justifier ? Quels arguments allez-vous donner aux policiers ?

J'avais cessé de trembler. Je parlais avec beaucoup d'assurance. La peur m'avait quittée. Mes paroles avaient semé le trouble dans le cœur de mes actrices. Elles m'écoutaient attentivement et avaient perdu leur arrogance. À un moment, la Bavarde ouvrit la fenêtre et vit une foule dehors animée et s'empressa de le dire à la Furieuse :

– Qu'est-ce qu'on va faire, ma copine ? Elle a raison. Viens voir par toi-même.

C'était la panique totale dans la pièce. Les deux sortirent des cigarettes au même moment. Je voyais leurs mains trembler. Elles commencèrent à s'accuser mutuellement. La pièce était remplie de phrases du genre « tout ceci, c'est de ta faute ». Puis, la Furieuse se tourna vers moi, ses mains posées sur sa tête ; elle transpirait à grosses gouttes. Je repris la parole. C'était ma dernière chance.

– Moi, je peux vous aider. Je suis la seule qui puisse témoigner en votre faveur. Si vous me tuez, ce ne sera pas facile pour vous, croyez-moi. À coup sûr, vous irez en prison. De plus il y a une chose que vous ignorez. Avant que vous ne débarquiez ici, j'étais en ligne avec mon copain. Laissez-moi vous dire qu'il a tout entendu et a même fait des enregistrements. Vous êtes mouillées jusqu'au cou, mes chères. Alors voici ce que je vous propose : soit vous me tuez vraiment et mon copain balance ce qu'il a aux policiers et même sur Internet. Comme ça, le juge vous condamnera soit à vie, soit à mort. L'autre possibilité serait de me laisser en vie et pour vous remercier, je demanderai à mon copain de tout effacer.

— Tu ne vas quand même pas l'écouter ? Tu ne lui feras pas confiance ? demanda la Furieuse qui gesticulait comme une possédée.

— Et toi, tu aurais une meilleure idée peut-être ?! S'il te plaît, n'oublie pas de la partager avec moi, répliqua la Furieuse qui criait.

— Vous êtes libres de me croire ou pas. Je vous ai donné ma parole. Maintenant à vous de voir.

— Ferme-la !

C'est par ce cri de rage que je fus stoppée net. Mes propos avaient vraiment l'air convaincants parce que, à un moment, la Furieuse baissa son arme. Je ne sais pas si je réussis à les convaincre. Mais cela en tout cas permit de gagner du temps puisque la police, comme dans les films, c'est-à-dire toujours en retard, était enfin là. On entendit plus de voix à l'extérieur, des cris et des rires mêlés. Les deux amis guettèrent une fois de plus à travers la fenêtre et virent effectivement une foule agitée autour des policiers. Chaque badaud semblait raconter sa version des faits. Les deux se retournèrent vers moi et dirent en chœur :

– OK, nous sommes d'accord ! Mais si tu nous roules, quand nous sortirons de prison, nous viendrons te régler ton compte.

Je me levai avec un sourire de victoire. J'étais comme ressuscitée et légère comme une plume. Je m'attendais à entendre comme dans les films *« Police ! Veuillez sortir et déposez vos armes ! »*. Je pensais qu'ils essaieraient de négocier avec les présumés criminels, de libérer les présumés otages. Je me trompais... Ils cassèrent violemment la porte avec je ne sais pas trop quoi.

Ils arrêtèrent et menottèrent tous ceux qui étaient debout, y compris moi. Bizarrement, nos droits ne furent pas lus. Nous fûmes toutes arrêtées comme d'ignobles criminelles avec une atroce brutalité sous les rires et les injures des personnes présentes. On avait l'impression d'avoir des lions affamés qui voulaient nous dévorer. On transporta les blessés à l'hôpital. Heureusement personne n'était encore mort. *Le Fally* et Sonia étaient seulement grièvement blessés. Patricia, quant à elle, était toujours évanouie. Dehors, il y avait une foule immense de gens qui nous regardaient comme des extraterrestres. Sans oublier les médias présents et les jeunes qui nous filmaient comme si nous étions des stars.

J'étais convaincue que même si les médias négligeaient cette affaire, j'allais me retrouver sur les comptes Whatsapp de chaque étudiant de Soa et même du Cameroun. Sans oublier Facebook et YouTube.

Moi, qui devais être en plein cours ou en train de dormir chez moi, je passais en direct au journal national et on me conduisait au commissariat. Le pire dans tout ça, c'est que j'avais failli perdre la vie, j'avais sali mon image et j'étais traumatisée, tout simplement parce que j'avais voulu faire plaisir à des amies que je croyais connaître.

— Sortez ! Vos parents vous envoient à l'école et vous venez ici vous entre-tuer. Bande de sorciers !

Moi, la victime, je reçus des coups de pied ainsi que des coups sur la tête. Sans oublier ce grand monsieur, noir comme le cœur de la nuit et sec comme un bambou de Chine qui me traînait au sol pour me faire sortir de la pièce, comme si j'avais refusé de le faire. Moi qui les attendais comme des héros, je commençais à regretter mon souhait. Le traumatisme de ces deux fauves était très léger comparé à celui que je subissais de la part de ces hommes bien armés et très nerveux. Ils pouvaient être une douzaine et tous tenaient le même langage.

Pour réveiller Patricia, ils forcèrent un jeune homme de la résidence à puiser un seau d'eau dans le forage et à le lui verser sur le visage. Bien que cela fût barbare, il réussit quand même à la réveiller. Moi, j'allais déjà au commissariat en laissant les autres dans la pièce. Personne ne semblait vouloir les toucher, y compris les hommes en tenue présents. Pendant que certains réfléchissaient sur le moyen d'apporter leur aide en appelant la famille ou en transportant les blessés, d'autres se servaient dans la chambre et dans les poches des blessés. On me mit sur une moto avec un policier derrière moi. Arrivé à destination, le moto-taximan lui demanda les frais de transport :

– Grand-frère, mon argent, demanda calmement le moto-taximan.

– Quel argent ? Tu veux que je te paye avec cette vieille moto ? Tu n'as même pas d'immatriculation ni de carte grise. Si tu nous jetais au sol, tu allais pouvoir nous soigner ?

— C'est *how norh*, grand ?

— Tu sais même à qui tu parles ? Si tu essayes encore de broncher, je fais sceller ta moto.

— N'est-ce pas tu es fort, grand ? Tu as gagné, ça ne fait rien.

— Oui, c'est ça, emporte ta malchance avec toi, répliqua le policier avec un rire moqueur.

On me fit asseoir à l'intérieur sur un long banc en bois blanc. Cinq minutes plus tard, c'était au tour de la Furieuse et de la Bavarde de faire leur entrée. Elles étaient toutes rouges certainement à cause des coups qu'elles avaient reçus.

— Lâchez-moi ! Mais lâchez-moi, espèces de brutes ! Vous n'avez pas le droit. La loi ne vous permet pas de faire ce que vous nous faites subir.

Tels étaient les propos de la Bavarde qui essayait de sortir des griffes de l'un de ces policiers au comportement animal.

– Ah oui ?! Et c'est la loi qui vous permet de marcher avec des armes et de tirer sur les gens ? Ose encore ouvrir ta sale gueule et tu verras. Vraiment ! Les filles de la génération de Biya-ci, vous nous étonnez ! Vous êtes toutes des droguées, des insolentes, des voleuses…

C'est en ces termes que ce policier qui se faisait traiter d'animal força la Bavarde à s'asseoir en l'appuyant sur le banc.

– Owona, on dirait que tous sont nés avec l'*evu* dans leur ventre-là. Tous sont des sorciers. Des vampires comme ça ! On va d'abord bien vous fouetter, attendez.

Tels étaient les propos du commissaire qui était assis avec plein de documents sur sa table.

C'était un homme assez grand de taille, noir avec un gros ventre. Bref, il était un peu comme l'un de ces personnages qui se faisaient appeler *le Ngwoamnam* dans les ouvrages de certains auteurs camerounais que j'avais lus, comme dans *Les Bimanes* de Séverin Cécile Abega.

Là-bas, il y avait déjà un cas sur la table du commissaire. Une histoire de vol de téléphone entre sept jeunes garçons. Moi qui croyais voir de manière pratique la procédure pénale, j'étais face à une procédure que je ne saurais qualifier. Jusqu'à présent, je n'avais jamais vu pareille chose. Pour arrêter le coupable, le commissaire prenait deux brindilles de ballets qu'il cassait en deux. Il les déposait devant les présumés coupables. Il faisait une incantation dans une langue qui m'était inconnue. On aurait dit qu'il parlait en langue locale. Le principe était que tous devaient traverser ces brindilles. Celui qui parvenait à passer était innocent. Mais celui qui n'y parvenait pas était considéré comme le voleur ou le complice. Cinq étaient passés normalement et les deux derniers furent bloqués. Du coup des cris et des hurlements se firent entendre dans la salle.

La suite, je ne la connais pas vu qu'au même moment je me souvins de mon problème et je tombai malade. Le nom de ma maladie m'était inconnu. Mais j'avais la sensation de souffrir de paludisme, de fièvre typhoïde, de diarrhée, de céphalées…

La nouvelle s'était répandue en un laps de temps. Les réseaux sociaux faisaient bien leur travail. La toile était remplie de nos photos. Une foule de commentaires naissaient, le tout dans un support assez critique et injurieux. Des vidéos circulaient de téléphone en téléphone à une vitesse extraordinaire à travers Whatsapp. Le plus étonnant, c'est que les faits réels s'étaient transformés en plus de mille versions différentes les unes des autres. Mon père, informé, rentra à la maison en feu. Il rugissait comme un lion et son apparence était changée. Ses yeux sortaient de leurs orbites, il transpirait à grosses gouttes et son corps était gonflé tel un chat en position défensive. Il trouva ma mère qui était dans un état de deuil, vu la façon dont elle pleurait. Elle était au sol en larmes, et telle une personne qui avait perdu la tête, elle s'asseyait, se levait et se couchait, pleurait tout en parlant. On pouvait l'entendre dire :

– *Wô pepa wam !* Pourquoi, papa ? Je suis morte, oooh ! Ma fille m'a tuée, oooh ! Mon enfant ! Mon unique enfant ! Qu'est-ce que les gens penseront de moi dans ce quartier ?

À la vue de celle-ci, mon père s'écria en frappant dans ses mains :

– *Héhâ babela zamba !* Tu pleures, hein ? Tu pleures vraiment ? Tu as gâté mon enfant et maintenant tu pleures. C'est à cause de toi que cette enfant est devenue comme ça. Moi, je lui ai toujours donné une bonne éducation, chose que je ne peux dire de toi. Sinon, elle ne serait jamais devenue comme ces fous blancs.

– Kamla ! Tu es méchant ! Vraiment méchant ! Toi, un exemple pour elle ?! Héhâ !

– Tu as très mal éduqué ton enfant, accepte-le et c'est tout.

– Hâ ! Maintenant, c'est mon enfant, hein ? Ce n'est plus notre enfant ? C'est même à cause de toi qu'elle est devenue comme ça, à force de t'occuper des enfants des autres et non de ton enfant, Kamla. Je suis sûre que cet enfant fait ça pour de l'argent, parce que mon enfant n'est pas comme ça. C'est toi, le père irresponsable.

– Madame, ton enfant et toi, vous allez libérer ma maison aujourd'hui même. Comme je sors là, en revenant je ne veux pas te retrouver chez moi. J'espère que tu as bien compris.

– Kamla, ne me fais pas rire. Partir de quelle maison ? Cette maison est aussi la mienne donc je ne bouge pas d'ici.

— Madame, quand je parle, tu te tais, OK ? Essaie encore d'ouvrir ta bouche une seconde comme ça et tu verras ce que je ferai de tes dents.

— Hâyâ ! Regardez-moi la sorcellerie ! l'interrompit maman.

Malheureusement, cette attitude lui valut beaucoup de coups, tout ceci sous le regard ému de ma belle tante qui les observait depuis la fenêtre de sa chambre avec ses enfants à qui elle avait interdit de sortir. À l'écoute des cris d'appel au secours lancé par ma mère, mon oncle sortit arrêter mon père :

— Ekié Nyamoro ! Je t'ai déjà dit qu'on ne tape pas sa femme, mais toi tu ne comprends pas. Toi aussi, arrête ça !

L'ayant arrêté, mon oncle lui demanda en patois :

— Djô ! di ya lotte ?

Ce qui se traduit en français par « Que se passe-t-il ? »

Mon pauvre oncle épuisé attendait que Kamla, mon père, lui réponde, chose qu'il n'était pas prêt à faire. Pendant qu'il le secouait, Kamla se mit à parler :

— Djô ! ma femme que tu vois-ci est trop têtue. C'est même quel genre de femme que Dieu m'a donné comme ça ? Elle bavarde comme une pie. Sa bouche ne se ferme pas. Quand je lui parle, elle refuse de se taire.

Sur cette lancée justificative, notre voisin qui se fait appeler *Papa Sorcier* par les enfants vint lui demander d'une voix assez forte :

— Voisin ! Est-ce que ce que je vois est vrai ?

Kamla savait déjà de quoi il était question, vu que lui aussi avait été informé des faits à travers une vidéo que ma cousine lui avait montrée. C'est plutôt mon oncle qui s'empressa de demander à la voir. Pendant que mon oncle regardait la vidéo en lançant des cris semblables à ceux de ma mère, mon père s'assit sur un banc en bois et se mit à pleurer. Kamla et sa femme semblaient avoir perdu toutes leurs forces. La maison avait pris une allure funeste. L'air abattu, les deux n'avaient que leurs yeux pour pleurer.

— Kamla ?! Ékié ?! Tu fais quoi, là ? Tu pleures ? Levez-vous, on va d'abord à Soa voir ce qui se passe exactement, dit mon oncle en courant en direction de la chambre pour porter sa vieille paire de chaussures qu'il n'avait jamais nettoyée depuis qu'il l'avait achetée et sa veste bleu marine froissée.

— Moi, je vais vous laisser, s'esquiva Papa Sorcier. Tenez-moi informé à votre retour. Soyez forts. Ce n'est pas facile, je le sais. Pour vous aider, je peux vous donner le numéro d'un homme de Dieu. C'est un grand pasteur. Cette situation est un petit problème pour lui. Il va le régler en un laps de temps, vous verrez. Votre fille est simplement possédée. Il va la délivrer et tout ira bien. Elle est habitée par l'esprit de lesbianisme. C'est courant de nos jours dans ce pays. On délivre constamment des personnes habitées par cet esprit dans notre église. Et après, elles sont redevenues normales. Excusez-moi, s'il vous plaît… je ne suis pas en train de dire que votre fille n'est pas normale, bredouilla-t-il.

— Papa sorcier, alors comme ça toi aussi tu vas dans ces églises qui pullulent partout ? Je te croyais intelligent. Donc, ils ont aussi réussi à manger ton cerveau ? Moi président dans ce pays, je fermerai toutes ces églises diaboliques et sataniques qui créent des divisions dans les familles, appauvrissent certains fidèles et en enrichissent d'autres… Merci pour ton aide, mais nous n'en voulons pas. Kamla, lève-toi, on s'en va !

En route pour Soa, tous étaient silencieux à l'exception de mon oncle qui ne cessait de leur poser des questions sans se fatiguer malgré le fait qu'il ne recevait aucune réponse. C'était si impressionnant de voir une telle performance. Pendant les quelques heures que dura leur trajet, il ne cessait de se poser des questions à lui-même et à ceux qui l'entouraient.

Pendant qu'ils venaient nous retrouver au commissariat, c'était à notre tour d'en baver. Notre cas avait mobilisé tout le commissariat. Il y avait des murmures de part et d'autre. Mais ce qui nous parvenait clairement, c'était toutes les injures qu'on nous balançait en français et même dans la langue vernaculaire de tout un chacun. Le commissaire qui, par moments, était moins sévère et jovial, se transforma totalement en une autre personne. Vu la façon dont il nous interrogeait, on aurait dit Jack Bauer voulant soutirer des informations à un terroriste menaçant l'intégrité nationale. Je me retrouvai à raconter tous les faits sans faire vraiment d'efforts. Cet homme réussit à me faire reproduire exactement tout ce qui fut dit.

Après l'interrogatoire, on me demanda de donner les coordonnées de mon prétendu copain pour qu'il ramène l'enregistrement. Grands furent l'étonnement et la colère des furieuses quand elles se rendirent compte que j'avais menti. Sans se contenir, la Bavarde se mit à gronder l'autre devant tout le monde :

— Tu vois ce que tu as fait ? Je t'avais pourtant demandé de la buter. Si je vais en tôle, je te jure que je te tuerai de mes propres mains.

Nous nous regardâmes tous simultanément, car stupéfaits. Le policier qui les traînait de force en cellule souriait grandement. Il ne parvenait pas à cacher sa joie, au point où son collègue lui demanda pourquoi il était aussi content. Il répondit avec un éclat de rire :

– Je suis content parce que lorsque les effets de la drogue qu'elles ont prise se seront dissipés et qu'elles réaliseront qu'elles ne sont pas dans un film d'Hollywood, je prendrai du plaisir à voir leurs têtes d'enterrement, elles à genoux, nous suppliant…

Il n'avait pas fini que mon père m'avait déjà donné un violent coup de pied aux fesses, me sommant de sortir rapidement. J'eus l'impression que ce coup avait paralysé mes muscles parce que je ne ressentais que de la douleur et ne parvenais plus à marcher. Alors que je voulus m'asseoir, j'eus l'interdiction de le faire. Je devais marcher jusqu'à sa voiture.

Dehors, il entra dans une petite brousse juste à côté pour ramasser une grosse branche d'arbre tombée afin de me frapper. Ma mère vint se placer devant moi en criant :

– Ne tue pas mon enfant, oooh Kamla !

Son cri permit à certains agents du commissariat de sortir. Ces derniers l'arrêtèrent et le calmèrent. Il jeta la branche d'arbre et se dirigea vers sa voiture. D'un air menaçant, il nous dit :

– Entrez, bande de sorcières ! Dès qu'on arrive à la maison, ta fille et toi prenez vos affaires et libérez ma maison.

En route pour la maison, il y avait un silence de cimetière dans la Peugeot 207 de mon père. Il avait le visage froissé et enflé, on aurait dit qu'il allait exploser : sa peau avait viré du noir au rouge. On aurait dit qu'il avait augmenté de masse corporelle en quelques heures, car son costume donnait l'impression de ne plus lui suffire. Ma mère à sa droite dormait, avec son foulard sur la tête, son long *kaba* et ses babouches aux pieds. Mon oncle, assis à l'arrière avec sa femme, dormait. Son épouse par contre affichait un visage joyeux, elle lançait un sourire moqueur de temps en temps.

Arrivés à la maison, vint le tour de mon père de se lancer dans une série de questions interminables. Il se mit aussi à provoquer ma mère en lui balançant en plein visage des propos blessants, lui rejetant la responsabilité de ma journée dramatique. Bien que connaissant son mari, elle ne put s'empêcher de lui répondre, et comme toujours, elle finit par se faire tabasser. Mon oncle voulant encore s'interposer fut stoppé net par mon père qui lui fit comprendre qu'il était mal placé pour lui dire quoi que ce soit et ferait mieux de ne pas se mêler de ce qui regardait sa femme et lui. C'est alors que je commençai à comprendre la gravité de ce qui s'était passé. Mes parents se déchiraient davantage. Ce que j'avais subi dans cette chambre à Soa ou au commissariat n'était rien comparé à ce que j'allais connaître quelques heures plus tard.

Après un long sommeil comateux, je ne me réveillai que le lendemain avec les mêmes vêtements que j'avais la veille sans oublier mes chaussures. L'existence de mon téléphone me revint en mémoire. Le nombre d'appels en absence me laissa sans voix. Le plus étonnant était le fait que l'ensemble de mon répertoire m'avait appelé. Mais pourquoi donc ? En allant dans ma messagerie, je compris rapidement pourquoi. Je me rappelai aussitôt de ce qui s'était passé la veille. Je replongeai dans une tristesse et une peur que je ne pourrais décrire ou expliquer. J'avais reçu mes propres vidéos sur Whatsapp, des identifications de postes qui m'étaient consacrés sur Facebook. Mon image était détruite. Où allais-je encore me rendre sans être pointée du doigt ? Je n'avais même plus le courage de rester assise sur la cour. Mon père me rejetait, mes grands frères menaçaient de me tuer, parce qu'il était inadmissible pour eux qu'ils soient couverts de honte à cause de mon comportement et de mes désirs sataniques. Chaque fois que je leur disais que je n'étais ni lesbienne ni droguée, on me balançait la même question :

– Si tu ne te drogues pas et n'es pas une lesbienne, que faisais-tu avec des filles lesbiennes et droguées dans ce cas ?

J'avais même déjà reçu un nouveau statut, celui de possédée. Pour certains, j'étais possédée par un démon et il fallait à tout prix me délivrer. Argument qui convainquit mon père et ma mère. Les deux se dépêchèrent de prendre rendez-vous chez un pasteur de l'église *JÉSUS TUE EN RIANT.*

C'est alors que, seule dans ma chambre, j'eus la mauvaise idée de régler ce problème par le suicide. Je pris tous les médicaments sous forme de comprimés de la maison pour en consommer. Au moment de les boire, je commençai à mener une lutte contre moi-même. Je repensai aux paroles du prêtre qui disait que le suicide est un péché et que quiconque se suicide n'héritera pas le royaume de Dieu. Je repensai à ma mère qui mourrait de chagrin… Ma mère entra dans ma chambre pour me parler et me trouva avec ces médicaments dans la main droite et un verre d'eau à la main gauche. Elle me prit dans ses bras en s'écriant :

— Pourquoi tu veux me faire ça, l'enfant-ci ? Qu'est-ce que je t'ai fait pour mériter ça ?

Quelques instants plus tard, le cousin de mon père, qui est prêre et ayant été informé de la situation, fit son entrée dans la maison. Sa venue fut une bénédiction pour moi, parce qu'il réussit à tous nous réunir dans le calme. Mon père, qui bouillonnait de rage, s'était calmé. Ma mère aussi avait séché ses larmes. Il se leva et vint vers moi essuyer mes larmes et me demanda de m'asseoir près de lui. Il passa la parole à mon père puis à ma mère et me laissa parler en dernier lieu. Il me réprimanda avec affection et ramena ma famille à la raison. Il conseilla à papa qu'au lieu de m'amener chez un pasteur, il devrait plutôt m'emmener chez un psychiatre pour le traumatisme que j'avais, et de faire notre propre campagne dans les réseaux sociaux. Chose que mes grands frères commencèrent à faire avec l'aide de leurs amis pour démentir toutes les informations qui circulaient sur moi.

Aujourd'hui tout est revenu dans l'ordre, bien que je n'aie pas encore oublié et que j'aie toujours l'impression d'être observée partout où je vais.

Merci d'avoir pris le temps de lire ce premier épisode
de Drôle de journée !
Vous pouvez suivre mon actualité sur
Facebook : Ngah Mama Ruphine
Instagram : ngah_mama_ruphine
et me joindre sur mon mail:
ngahmama80@yahoo.fr

Édition : BoD - Books on Demand,
12/14 rond-point des Champs-Élyséées, 75008 Paris
Impression : BoD - Books on Demand, Norderstedt, Allemagne
Dépôt légal : Novembre 2019